Lido Loschi   Marilda Castanha

a oficina do cambeva

Coleção Presente de Vô

São Paulo 2022

Para os meninos e meninas de Araçuaí,
assim como para todas as crianças do mundo,
que passeiam por minhas lembranças e moram
no meu coração. Para o Grupo Ponto de Partida
que, generosamente, me deu este presente.

Meus agradecimentos ao amigo,
escritor e professor Marcos Ramos e à amiga
professora Beth Lima.

[Lido Loschi]

Quando o mundo perdeu o abraço, Cambeva, ainda criança, o reinventou. Daí, tomou gosto de consertar as coisas esquecidas, as emoções perdidas, os gestos gastos pelo tempo. Passava dias dentro da sua oficina procurando alguma coisa para ser reparada.

Quando não tinha nada para consertar, gostava de ficar espiando a tarde, revirando memórias entre os dedos e a barba branquinha. Cravava seus olhos de céu sem nuvens sobre o vilarejo e se divertia com a quantidade de crianças que escorriam pelas ruas e praças. Eram crianças de todas as cores, de todos os lugares e – pasmem – de todos os tamanhos! Ali, elas brincavam de tudo, até formarem uma grande roda embalada pelas cantigas do tempo. Cantigas que ele mesmo, o vô Cambeva, visitou mundos para resgatar.

E o mundo ficava pequeninho, depois enorme, dentro daquelas canções cheias de distâncias, impregnadas de todas as infâncias.

Era quando a lua se acomodava inteira no céu que vô Cambeva abria os portões do seu velho casarão e soltava a voz poderosa: "Hora da história!".

O eco reverberava no infinito e batia em cada porta daquele pequeno e misterioso reino.

Junto com sua neta, a Deolinda; e de seu atrapalhado ajudante, o Tuzébio, chegava a criançada ávida por uma aventura. Às vezes, vô Cambeva tinha que arrastar as paredes da sala para caber tanta gente. "Roooonnnct. Raaaaaptiiii. Tchowblooooo...". Pronto: a sala ficava imensa!

– Cambeva! Conta de novo a história desse lugar onde a gente mora – Tuzébio, sempre empolgado, era o primeiro a pedir.

– Está bem! Eu vou contar. Aqui era um lugar escondido de todos os destinos, longe de qualquer caminho, guardado por sete sóis e sete luas. Certa vez, um forasteiro que havia muitas primaveras procurava por este lugar, aproveitou o exato momento em que um cisco fechou o olho de um dos sete sóis e... "xeblém"! Atravessou a passagem secreta e entrou neste pedaço de chão.

– Era o senhor, vô? – Deolinda, como se estivesse ensaiada, perguntava com olhos vidrados.

– Era, era! Eu sou descendente de antiga dinastia de restauradores. E foi nestas terras que eu quis montar a minha oficina. Aqui não vivia quase ninguém; só alguns poucos. Como o Zalém e a Calunga, que moram no Para Sempre e vivem recolhendo memórias; a Temporina, em sua casa esquecida; as últimas representantes de ilustre família de Sonhambulantes... Ah, e a Maria Metade, que chegou num meio-dia de maio, com uma penca de crianças.

Depois de contar, pacientemente, a história daquele lugar mágico, Cambeva enveredava por outros casos fantásticos. Falava da onça; das Sonhambulantes, as três irmãs que viviam dentro dos sonhos sonhando acordadas. Falava também da Temporina, que deixou a sua infância escapulir da memória, provocando situações inacreditáveis. A última história sempre era a de um peixe que ficou seu amigo. Nesse momento, Deolinda pedia:

– Posso contar essa, vô? Eu gosto tanto!

"Tinha um peixe na beira do rio
tomando sol, morrendo de frio.
História do meu avô,
que me contou
num dia vadio.

Segundo o meu avô,
o peixe chorava
porque estava sozinho.
Pediu um cobertor,
e, sem querer abusar,
um gole de vinho.
Ficaram amigos para sempre
o peixe e o meu avô.
Mas a tia da minha tia
Falou que era fantasia,
lorota, alegoria,
conversa de pescador."

Foi numa noite sem lua que, antes mesmo de Deolinda acabar a história do peixe, bateram à porta.

Cambeva pediu silêncio. Não estava esperando visitas. Quando bateram pela segunda vez, Tuzébio abriu a porta, receoso, e tomou um susto quando Zalém e Calunga adentraram a casa sem pedir licença.

— Cambeva, desculpe o adiantado da hora. Mas é que nos intrigou uma memória que estamos trazendo para você restaurar. Está toda desmantelada, difícil de transportar. Não conseguimos definir a qualidade desta lembrança. O que você acha?

Espalhada pelo chão, uma mistura de pedaços de madeira, dobradiças, retalhos de veludo e notas musicais começou a se mover, até que um rosto de porcelana encardida e olhos empoeirados tremeu os lábios quebrados e balbuciou:

– Há muito moro no mundo do esquecimento. Perdi minhas antecedências. O que realmente sou? Não sei! Não sei!

Zalém perguntou, aflito:

– O que você acha, Cambeva?

– Inacreditável! Que achado!

– Fale, fale! O que é essa memória?

– Sem dúvida, é um velho Realejo!

– Falou e não disse nada... – Deolinda comentou, num misto de medo e encantamento.

– Realejo é uma espécie de instrumento musical, com vários foles, movido por uma manivela. Parece com uma caixinha de música e, como as ciganas, pode adivinhar a sorte das pessoas.

– Uau!

Cambeva pediu para que seu ajudante guardasse aquele amontoado, com todo cuidado. No dia seguinte, cedinho, lançariam mãos à obra.

Zalém e Calunga se despediram envaidecidos por terem encontrado uma raridade e partiram em busca de outras lembranças. Voltariam qualquer dia para saber notícias do Realejo.

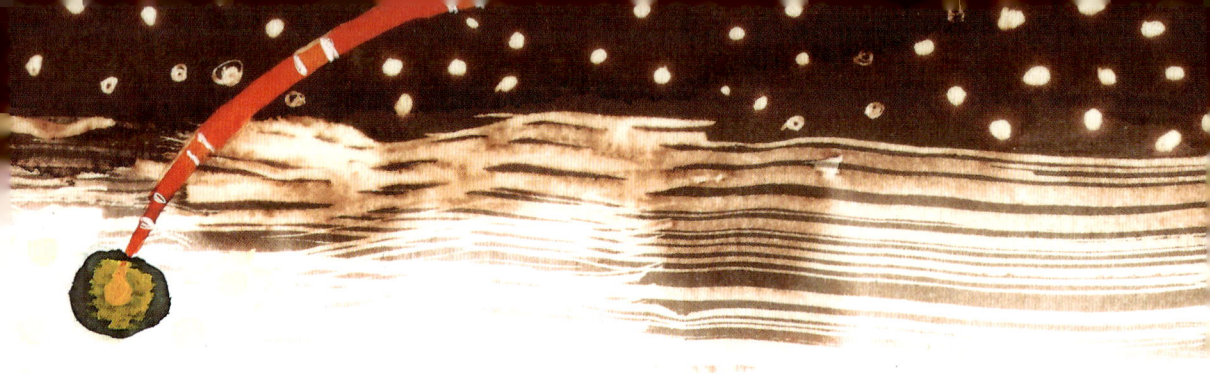

O casarão foi se apagando, sonolento. Quando a última janela se fechou, um barulho fez estremecer o assoalho de tábuas corridas. Cambeva pensou no Realejo. Ele poderia ter se reanimado, ganhado forças, e estaria tentando se comunicar. Correu para ver o que estava acontecendo. Passando pelo quarto de Deolinda, viu as cortinas esvoaçando. Sentiu uma vertigem. O vento empurrava os galhos das árvores contra a metade da vidraça, como se quisesse quebrá-la. Pensou na sua netinha. Desesperado, imaginou mil coisas. Chegando até a janela, viu Deolinda dependurada no último galho da paineira, balançando pra cima e pra baixo, como se quisesse tomar um impulso, chacoalhando todo o Universo.

– Deolinda, Deolinda! Virgem Santíssima! O que está acontecendo?

– Estou tentando pegar uma estrela, mas a danada está tão longe que mesmo daqui, do galho mais alto, eu não alcanço.
 – Oh, menina absoluta! Use uma vara de pescar!
 – Já estou usando, vô!
 – Use uma de caniço maior.
 – Tá! Ui, ui, ui... Peguei!
 – Mas pra que você quer uma estrela, menina?
 – Pra guardar dentro da caixa mágica do meu espelho. Eu estou colecionando o mundo!
 Deolinda se divertiu um pouco com a estrela e, antes que seu avô se recolhesse, ela perguntou:
 – Vô, quanto tempo falta pro meu aniversário?
 – Só a lua nova.

– Eu queria ganhar um superpresente.
– E que presente a menina quer?
– Ah, vovô, presente que é presente a gente não pede falando.
– Mas como eu vou saber, Deolinda?
– O senhor não é adivinhão?
– Hum! Então eu já sei. Acabo de ter uma ótima ideia. Durma com os anjos, minha netinha.

Quando amanheceu, ninguém quis saber de tomar café. Correram para a oficina. Cambeva falou a palavra mágica: "Xeblém!". Só assim as portas se abriam.

"Ali, naquele lugar,
tudo está por consertar.
Se a sua memória falhou,
ela irá se lembrar!
Do gosto da sobremesa,
do cheiro da nova estação,
do som do sino da igreja,
da meia roçando o dedão.
Ali, naquele lugar,
tudo está por consertar.

Se a sua lembrança enguiçou,
eles irão restaurar!
Lá tem muitas ferramentas,
mil peças de reposição,
como princesas sem-castelos
e mesmo anjinhos de oração.
Lá tem asas pra vários voos
e varinhas de condão.
O bolo daquele aniversário,
espada na cinta, sinete na mão.
Ali, naquele lugar,
tudo está por consertar.
Se a sua memória falhou,
ela irá se lembrar!
Do beijo no banco da praça,
pipoca, no circo, de graça.
Do passeio na Veraneio,
pique-pega no recreio.
Do uniforme de ir pra escola,
de ter sido o dono da bola.
Ali, naquele lugar,
tudo está por consertar.
Se a sua lembrança enguiçou,
eles irão restaurar!

Se, de manhã, o sonho escapou;
se no cinema, o vento levou;
se sua pipa jamais empinou;
se a rosa, o cravo despedaçou...
Ali, naquele lugar,
tudo está por consertar.
Se a sua memória falhou,
ela irá se lembrar!

Tuzébio e Deolinda ficavam encantados com as peças, os pedaços de lembranças, e todas aquelas coisas esquisitas sem pé nem cabeça.
– Psiu, psiu! Menina. Ô, menina! Venha aqui – chamou um velho relógio sem ponteiros.
– Onde?
– Aqui, dependurado na parede.
Mas, na outra prateleira, a caixinha de soldadinhos de chumbo se agitou:
– Não, não! Venha aqui, brincar com a gente primeiro!
– Uau!
– Deolinda, não mexa no sapatinho de cristal da Cinderela! – um príncipe, sem o seu cavalo branco, falou com voz grave.
– A gente nem tá mexendo.

– Venha aqui na estante! Eu sou um rei. Perdi minha coroa, minha coroa, minha coroa...

– Tuzébio, Deolinda! Chega de escarafunchar a oficina! Venham! Estou maluco para recuperar este Realejo. Vamos começar por uma limpeza geral! Eu preciso de... algodão.
– Aqui. Prontamente!
– Não, Tuzébio! Algodão-doce, bastante algodão-doce. Só com muita doçura conseguiremos limpar este Realejo.
Quando terminaram, Tuzébio examinou, desconfiado:
– Ele ficou até bem apresentável, mas... será que vai funcionar mesmo?

— Isso é só o começo. Calma! Além das suas engrenagens precisamos recuperar a sua memória, e fazer bater forte o seu coração.

De repente, o Realejo começou a tossir desesperadamente. Mais desesperado ainda, Cambeva pediu:

— Deolinda, vá buscar o xarope que inventei, especialmente, para aquela família de canários enrouquecidos.

— É pra já, vô... Tome!

— Isso há de dar um jeito na sua voz.

E deu. O Realejo se animou e cantou forte. Mas, de uma hora pra outra, começou a bufar: "ahã roc roc fox trot. Ahã roc roc fox trot ahã ahã".

— Acho que não funcionou, vô! Essa coisa-pessoa aí, não está nada bem, né?

— Esse é um outro problema sério! Um problema de resistência, de fôlego. Tuzébio! Vá lá no armário das sanfonas fanhas e pegue o fole que eu herdei daquela fantástica sanfona de oito baixos.

O armário das sanfonas fanhas ficava bem ao fundo da oficina, sob uma luz fraca e um cheiro de antigamente. Bastava abrir a porta para ouvir o eterno murmúrio que morava ali dentro.

"O cafofo do bolo fofo
está todo mofo por dentro.
Por fora o cafofo é fofo
mas por dentro
é catinguento."

Tuzébio fechou os olhos, respirou fundo e deixou o cheiro e os sussurros tomarem conta dos seus sentidos. Bem devagarinho, foi passando a mão pelas sanfonas, fazendo cócegas, até encontrar um fole. Agradeceu com um beijo na

testa de cada uma. Elas responderam em coro, às gargalhadas: "Somos as sanfonas fanhas, Janaína, Babaya e Glória. De dia a gente canta e conta piada, de noite a gente inventa história". Quinhé, quinhé, quinhé. Volte sempre!"

Com a concentração de um cientista, Cambeva encaixou o fole bem dentro dos pulmões do Realejo. E, com o fôlego renovado, ele entoou forte, atropelando as palavras sem nenhum cuidado: "O cafofo do bolo fofo está todo mofo por dentro por fora o cafofo é fofo mas por dentro é catinguento".
– Credo, vô! Ele canta muito feio!
– É que o problema agora é outro: o coração.

Delicadamente, Cambeva desparafusou a tampa que protegia o peito. Atrás de umas costelas de madeira, havia um coração de veludo vermelho, frágil. Um tecido apodrecido e mal-alinhavado.

Isso o deixou preocupado. Cambeva sabia que cantar é bem mais que solfejar as notas e dizer as palavras. Cantar vem de dentro! E, para restaurar aquele coração, ele precisaria de coisas que estavam muito longe, lá na origem do antigamente, quando os realejos enchiam as praças de domingos.

Sem perder tempo, fez uma lista e entregou a Tuzébio. Deolinda arregalou os olhos.

– Nossa, vô! Tudo isso? Ele vai levar um milhão trezentos e doze, vinte zilhões de dias!

Mas, sem pestanejar, Tuzébio pegou a mão de Deolinda e correram até o quarto. Os dois entraram na Maria Fumaça que ficava de enfeite em cima da cômoda e partiram atrás das encomendas.

Se eles conseguiriam, é o que ainda não sabemos.

Nos dias que se seguiram, Cambeva aproveitou para caprichar na restauração. Usando um colar de pérolas, que tinha sido da sua bisavó, ele devolveu ao Realejo o sorriso. Mexeu em cada detalhe. No movimento das mãos, dos braços, do pescoço. Fazia com que ele andasse de um lado para outro da oficina, sozinho. Encantava-se com a evolução. O Realejo cada dia mais ágil. Mas com o olhar ainda perdido nas distâncias. E o coração vazio.

E o que fazer para recuperar aquele coração? Fazê-lo reviver e bater com gosto, até sentir vontade de cantar e cantar. Mas como é difícil remendar corações!

Com essa dúvida e com a demora de Tuzébio e Deolinda, Cambeva foi ficando agoniado. Sua intenção era que o Realejo ficasse novinho em folha até o dia do aniversário da neta. Seria seu presente. Mas, pelo visto, não ficaria pronto até lá. Nenhuma notícia dos dois, ainda. Com certeza, não tinham encontrado nada, nada do que ele precisava para terminar a sua obra.

Envolto numa neblina, mais um dia nasceu. Frio, muito frio. Cambeva abriu a oficina, andou entre as prateleiras pensativo. Depois, acendeu a forja, sentou-se ao lado do Realejo e ficou assim, horas sem palavras, com os olhos cheios d'água. Queria tanto que aquele Realejo voltasse a cantar! Estava perto o dia do aniversário e ele não havia conseguido restaurar o que seria a sua obra-prima. Desanimado, decidiu guardá-lo perto do armário das sanfonas fanhas. Pelo menos lá, o Realejo não se sentiria sozinho e até se divertiria com elas, piadistas natas.

– Cambeva! Cambeva! Cambeva! Cambeva!
Os gritos começaram de longe e Cambeva reconheceu aquelas vozes. Tuzébio e Deolinda chegaram, colocando o coração pela boca de tão eufóricos.
– Missão cumprida!

– Vejam! Que maravilha! Cuidado, muito cuidado! Essas são emoções que precisam ser manipuladas com a delicadeza das borboletas. Ah, o coração do Realejo vai ficar novinho!

Até mesmo o tempo paralisou, com receio de afugentar as delicadezas que Cambeva manuseava. Minuciosamente, dentro do coração de veludo vermelho, ele ia colocando doses de afeto. Misturava carinho, amizade. Apertava os parafusos da compaixão. Lustrava a alegria.

– Pronto, vô?

– Quase, quase. Falta a última coisa. Sem ela não se pode dar corda no Realejo para que ele volte a cantar. Deolinda, vá até o quarto dos desarrumos e procure uma manivela que guardei lá, mas não sei onde. É a nossa última esperança.

Deolinda logo chegou no quarto dos desarrumos, achando o quarto dos desarrumos realmente muito desarrumado. Em um canto, um piano banguela tentava compor uma canção. E, num cabideiro, um velho guarda-chuva resfriado não parava de espirrar: "Atchim! Atchim! Atchim!". Depois de ouvir, impaciente, as intermináveis histórias do piano, que tinha passado nas mãos de gente famosa, como Tom Jobim, Nelson Ayres, Stevic Wonder, Ray Charles, Nelson Freire, e do guarda-chuva, que estrelou no filme *Cantando na chuva*, Deolinda aproveitou um respiro dos dois e foi direto ao assunto:

– Está bem, pessoal. A conversa está muito boa, mas eu vim procurar uma coisa muito importante. Importante não, importantíssima!

– Que coisa seria essa coisa? É uma coisa de "coisar" ou é qualquer coisa? – perguntou o piano sem dentes.

– Não, não é qualquer coisa. Essa coisa seria uma "manicômica". Não! É, é... uma "maquinavélica". Não! É uma manivela... Uma manivela para consertar o Realejo.

– Um realejo? Que raridade! Como ele se chama?

– Não sei, esse é um dos problemas. Até agora ninguém sabe. Ninguém no mundo sente falta dele.

– Coitado! Atchim.

– Sabem onde eu posso encontrar uma manivela?

– Atchimmm. Ô, piano, você não tem aí, guardada, uma manivela? Hein, piano?

– Uma manivela? Ter até que tenho... Mas ela é de estimação, é um presente que ganhei do Gramofone. É uma recordação muito querida e nesta altura da minha vida, quando não consigo mais compor, não tenho mais ideias, só me restam as lembranças.

– Poxa! Que pena!

– Quanto egoísmo! Atchimmm.

— Egoísmo? Mas, mas eu... Ah, que bobagem! Se é para salvar o Realejo... leva, leva, Deolinda! Levanta a tampa da minha cauda. Está aí? Pode ver? Bem pertinho do meu coração.

— Ah, muito obrigada! Muito obrigada, Piano, você foi muito generoso. E você também, Guarda-chuva! Eu vou pedir para o meu avô levar vocês dois para a oficina amanhã mesmo.

— Ah, meu Deus do Céu, ah meu Deus do céu... Vou voltar a compor. Ah, meu Deus do céu.

— Aaaaatchimmmm. Valeu!

A manivela chegou em cima da hora. Cambeva, tremendo de emoção, fez o encaixe como quem coloca um ponto final numa história.

Zalém e Calunga, que viajavam o mundo recolhendo lembranças, trataram de espalhar a notícia de que Cambeva estava restaurando uma preciosidade encontrada por eles, que naquela noite, na festa de aniversário de Deolinda, todos poderiam conhecer.

E foi na habitual hora de contar casos, que todos chegaram. Cambeva e seus ajudantes faziam os últimos ajustes. Mas não houve tempo para o ensaio. Portas e janelas já estavam apinhadas de curiosos. Além de afastar as paredes, foi preciso empurrar o teto para caber todo mundo.

Os convidados foram recebidos com gentilezas, certa ansiedade e a felicidade sem tamanho da menina Deolinda. Cheios de expectativas, os vizinhos iam entrando pelo luminoso salão. Lá estavam também a Temporina, as Sonhambulantes, Zalém, Calunga, Maria Metade e seu rio de crianças.

Coberto por um pano, no centro da sala, estava ele: o Realejo.

Depois de pedir silêncio, Cambeva foi descobrindo aquele novo ser. Os corações dispararam. Era possível ouvir a respiração acelerada de todos os presentes.

Quando o pano caiu por completo, ouviu-se um "ohhhhh!". E até uns gritos, misturando surpresa e pavor.

– É uma pessoa?
– É uma coisa?
– É uma coisa-pessoa! – disse Deolinda, cheia de si. E perguntou ao Cambeva se ela podia girar a manivela.

Ele acenou que sim com a cabeça e um sorriso de contentamento.

Sob olhares incrédulos, o Realejo, em câmera lenta, desfilou pela sala. Quando parou, Cambeva pediu, comovido:

– Agora, cante!

A espera era solene e apreensiva. A sala parecia uma plateia de teatro em dia de estreia.

O Realejo respirou fundo, olhando no olho de cada um com seus olhos de vidrilho. Então, lentamente, foi baixando a cabeça como acometido por uma timidez, ou uma tristeza.

– Não consigo! Perdão, senhor Cambeva. Eu não consigo – falou, mostrando a pálida porcelana encharcada de lágrimas.

Cambeva percebeu que uma das luzes do coração do Realejo estava apagada. Não tinha mais jeito. Desiludido, pediu para Tuzébio guardá-lo no quarto dos desarrumos.

Decepcionados, os convidados começaram a se despedir.

Aos soluços, Deolinda pediu que o avô tentasse mais alguma coisa, pela última vez.

– Não adianta, minha netinha. Eu fracassei. Não consegui devolver o brilho da sua alma.

Deolinda enxugou as lágrimas com as mãos. Era o dia de aniversário mais triste de toda a sua vida. Mas antes que o choro tomasse conta dela novamente, gritou:

– Esperem! Ninguém vai embora!

Subiu a escadaria, como um foguete. Correu pelos corredores do andar de cima, passou por portas e portas até chegar ao seu quarto e abrir o guarda-roupa. De dentro do espelho, ela pegou a estrela que havia pescado do alto da paineira.

Quando voltou, todos a esperavam, paralisados como um quadro. Deolinda atravessou aquele silêncio e entregou a estrela para o Cambeva e um beijo para o Realejo. Ao sentir aquele afago, o Realejo quase desmaiou. Apertou os olhos e deixou cair uma lantejoula... como uma saudade.

Com a ajuda de Tuzébio, Cambeva cuidou para que nenhum lugar daquele coração ficasse mais na escuridão. Quando se certificou de que tudo estava aceso, sussurrou na orelha revestida de cetim:

– Pronto! Cante, Realejo! Cante!

O Realejo respirou profundamente e abriu o seu sorriso de pérolas. Então sua voz nasceu, cristalina, suave como uma brisa. Depois foi crescendo, crescendo, abrindo todas as janelas. E, com a força de um redemoinho, subiu ao infinito, iluminando os quatro cantos do mundo, tocando corações de todo o Universo.

© do texto Lido Loschi (2022)
© das ilustrações Marilda Castanha (2022)

Editores: Zeco Montes e Júlia Medeiros
Concepção geral: Grupo Ponto de Partida
Assistentes editoriais: Tatiana Cukier e Luana de Paula

Projeto gráfico: Raquel Matsushita
Diagramação: Entrelinha Design
Revisão: Véra Maselli

A música "Lorota" (páginas 10 e 11) é de Pablo Bertola e Pitágoras Silveira, com letra de Lido Loschi.
A música "A Oficina" (páginas 17 a 19) é de Pablo Bertola, com letra de Júlia Medeiros.

Dados Internacionais de Catalogação na Publicação (CIP)
(Câmara Brasileira do Livro, SP, Brasil)

Loschi, Lido
    A oficina do Cambeva / Lido Loschi; [ilustração] Marilda Castanha. – São Paulo: ÔZé Editora: Grupo Ponto de Partida, 2022. – (Coleção Presente de Vô)

    ISBN 978-65-89835-24-0

    1. Literatura infantojuvenil I. Castanha, Marilda. II. Título. III. Série.

22-112982   CDD-028.5

Índices para catálogo sistemático:
1. Literatura infantil 028.5
2. Literatura infantojuvenil 028.5
Cibele Maria Dias - Bibliotecária - CRB-8/9427

1ª edição 2022

Todos os direitos reservados
ÔZé Editora e Livraria Ltda.
Rua Conselheiro Carrão, 420
CEP: 01328-000 – Bixiga – São Paulo – SP
(11) 2373-9006 contato@ozeeditora.com
www.ozeeditora.com
Impresso no Brasil / 2022

Este livro foi composto no Estúdio Entrelinha Design, com a tipografia Sabon, impresso em papel offset 150g, em julho de 2022.